JN036275

くろリスくん
と
しまりすくん

いとうひろし

講談社

くろりすくんは　きたのもりにすむ　りすです。
からだがくろいので　くろりすと　よばれています。
でも　ほんとうは　はいいろか　ちゃいろです。
それでも　やっぱり　くろりすと　よばれます。

はるの　はじめの　よくはれたひのことでした。
くろりすくんは　じめんにうめた　きのみを
さがしていました。ふゆをこすために　うめた　きのみが
まだ　のこっているはずです。
ところが　あれれ、きのみが　ありません。
うめたところを　まちがえたのでしょうか。
ほかを　さがしてみましょう。

でも、ここにも　あそこにも　ありません。
よくよくみると　だれかが　ほりかえしたあとが
あります。
どこのどいつが　たべたのでしょう。
くろりすくんは　うめたところを　つぎつぎと
みていきました。

するといました、いました。
だれかが　きのみを　たべています。
ずんぐりむっくりの　へんなりすです。
おまけに　せなかには　しましままで　あります。
ときどき　みかけることが　ありましたが
きにするほどの　あいてでは　ありませんでした。
そんなやつが、どうどうと　きのみを　ぬすんでいます。

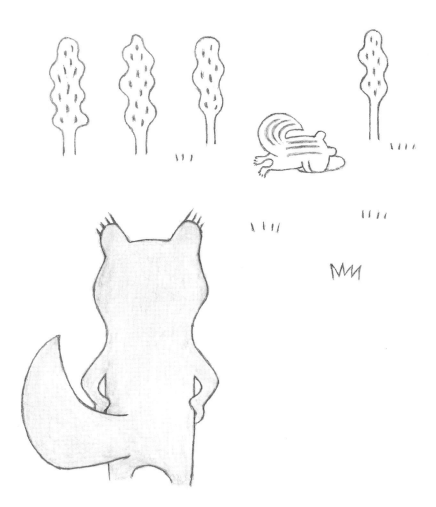

くろりすくんは　はらがたちました。うしろから
そっとちかづき　そいつのかたを　むんずとつかみました。
そいつは　とびあがるくらい　びっくりして
ふりかえりました。
そのかおをみて　こんどは　くろりすくんが　びっくり。
ほっぺが　ぱんぱんに　ふくらんでいます。
いまにも　はちきれそうです。

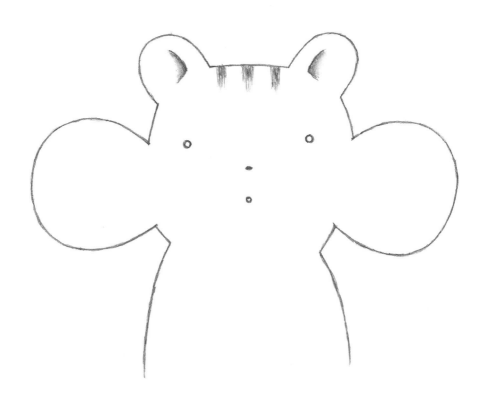

くろりすくんの　びっくりしたかおが　よほど
おかしかったのでしょう。そいつは　わらうのを
がまんできなくて　ぷぷぷと　くうきを　ふきだしました。
それにあわせて　くちから　きのみが　とびだしてきます。
いたたたた。
きのみが　くろりすくんに　あたります。

いたたたた。

にげまわる　くろりすくんが　おかしいのか　そいつの
ぷぷぷは　とまりません。

ぷぷぷぷぷ　いたたたた。

ぷぷぷぷぷ　いたたたた。

それが　くろりすくんとしまりすくんの　であいでした。

「ごめん　ごめん」と　しまりすくんは　あやまります。
それでも　くろりすくんが　ふくれっつらのままでいると
「そうだ、もしよかったら　ぼくのうちに　こないかい。
きのみを　たっぷりごちそうするよ」と　いいました。
そして　ちらばった　きのみを　くちのなかに
つめなおします。
しまりすくんの　ほっぺは　またまた　ぱんぱんに
ふくらみました。
それ、ぼくのきのみなんだけどと　くろりすくんは
おもいましたが、だまって　しまりすくんに
ついていきました。

しまりすくんの　いえは　じめんのしたに　ありました。
トンネルのように　じめんをほった　すあなです。
いりぐちが　ちょっと　きゅうくつだけど、なかには
ひろいへやが　あります。おちばやかれくさが
しいてあって　とても　いごこちのいい　へやでした。
しまりすくんは　ひとりで　このうちを
つくったそうです。
すごいなあと　くろりすくんは　おもいます。

にひきで　きのみを　たべていると　いえのそとで
おおきなけものの　けはいがしました。
くろりすくんは　おそろしさのあまり　からだが
かたまります。でも　しまりすくんは　へいきなかおで
きのみを　たべつづけています。
「ここまでは　はいってこられないから　へいき　へいき」

しまりすくんの　ことばのとおり、けものはすぐに
いなくなりました。
くろりすくんは　ほっとひといき。
なにごともなかったように　きのみを　たべはじめました。
でも　それが　じぶんのものだったことは、
すっかり　わすれてしまいました。

くろりすくんのいえは　たかいきのうえに　ありました。
きのえだを　まるくあんで　なかには　かれくさや
こけが　しいてあります。
ふかふかで　あたたかい　すみかでした。
くろりすくんも　しまりすくんを　じぶんのいえに
さそいました。
いつもは　じめんのうえにいる　しまりすくんです。
たかいところは　いやがるかなと　くろりすくんは
おもいました。
でも　しまりすくんは　よろこんで　やってきました。

「ふわふわして　きもちいいね」と　しまりすくんは
いいました。
しまりすくんは　くろりすくんのいえに　すっぽり
おさまっています。そして「くろりすくんもおいでよ。
いいきもちだよ」と　てまねきします。
そこ、ぼくのうちだから　しってると　くろりすくんは
おもいます。でも　なにもいわずに　しまりすくんの
となりに　もぐりこみます。

ふたりでは　ちょっぴりせまい　くろりすくんのいえです。

でも　そのせまさが　いいのでしょう。

いつもとちがう　あたたかさを　かんじます。

しまりすくんの　あたたかさです。

いきもののあたたかさが　しずかにつたわってきました。

かぜがふいて　きがゆれます。

なんだか　うとうと　してきます。

「ゆりかごだね」と　しまりすくんが　ねごとのように

つぶやきます。

くろりすくんも　あくびをひとつして　めをとじました。

くろりすくんは　いつも　きのうえに　います。だから
きのぼりが　とくいです。でも、もっととくいなのが
えだからえだへ　ぴょんぴょん　とんでいくことでした。
ぴょんぴょんとぶのは　たべものをさがしたり
こわいあいてから　にげるために　することです。
でも、くろりすくんにとっては
おきにいりのあそびでも　ありました。
えだからえだへ　わたっていくと、もりをふきぬける
かぜになったような　きもちになりました。

しまりすくんは　いつも　じめんのうえに　います。
だけど　きのぼりも　とくいです。でも　えだからえだへ
とんでいくのは、ちょっと　にがてのようです。
それでも　しまりすくんは　たのしそうに　えだを
とんでいきます。
きょうも　くろりすくんをおいかけて
ぴょん　ぴょん　とんでいきます。
ぴょん　ぴょん　ぴょん。
ぴょん　ぴょん　あっ！

しまりすくんは　あしをすべらせて　おちてしまいました。
くろりすくんが　あわてて　かけよります。
おちたところが　やわらかな　くさのうえで
たすかりました。けがは　ありません。

しまりすくんは　はずかしそうに　あたまを　かきかき
いいます。
「だいじょうぶ、もっとじょうずに　なるからさ」
しまりすくんは、うまくとべるようにならないと
くろりすくんと　あそべなくなると
おもっているのかも　しれません。
くろりすくんは　ちょっと　こまりました。

しまりすくんのうちは　じめんのしたに　あります。
だから　あなほりが　とくいです。
あっというまに　おおきなあなを　ほってしまいます。
くろりすくんのうちは　きのうえに　あります。
だから　あなほりは　ちょっと　にがてです。
すぐに　てが　いたくなってしまいます。

だけど　あなほりが　じょうずじゃなくても
しまりすくんは　ぜんぜん　きにしません。
くろりすくんのほる　くずれかかったあなを
おもしろがってくれます。
もっとじょうずに　ほれなんて　いいません。
くろりすくんも　おなじです。
もっとじょうずに　えだをとべなんて　おもっていません。

くろりすくんは　しまりすくんと　えだをとぶときは
かんたんなところを　えらんで
ゆっくり　とぶようにしました。
それでは　かぜになった　きもちには　なれません。
だけど　しまりすくんに　あわせてとんでいくと
いままでとはちがった　もりが　みえてくるのでした。
それは　しまりすくんが　いつもみている
もりなのかもしれません。
ふたりいっしょに　いるだけで、よくしっているはずの
もりが　もっとひろく
もっとふかくなっていくのでした。

なつの　よるでした。
くろりすくんと　しまりすくんは　きのえだに　ならんで
すわっていました。
あたまのうえには　すいこまれそうな　ほしぞらが
ひろがっています。
にひきは　さっきから　ほしを　かぞえていました。
そらのほしが　ぜんぶでいくつあるのか　かぞえてみようと
おもったのです。

だけど　どれとどれを　かぞえたのか、なんどやっても
わからなくなります。
あたまが　ぐるぐるしてきました。
かぞえるのは　あきらめたほうが　よさそうです。
かわりに、たくさんの　ほしのなかから、じぶんのほしを
きめることにしました。
くろりすくんは　あのあおいほし、
しまりすくんは　このあかいほしを、
じぶんのほしにしました。

でも、いちど　きめてしまうと、
くろりすくんは　あかいほしのほうが
しまりすくんは　あおいほしのほうが
いいように　おもえてきました。
そこで　とりかえっこをしました。
くろりすくんは　あかいほし、
しまりすくんは　あおいほしを　じぶんのほしにしました。

でも、とりかえっこをしてしまうと、
くろりすくんは　あおいほしのほうが
しまりすくんは　あかいほしのほうが
いいように　おもえてきました。
にひきは　こまりました。
あーでもない　こーでもないと　はなしあって
きょうは　くろりすくんが　あおいほし、
しまりすくんが　あかいほしにしました。
そして、あしたは　くろりすくんが　あかいほし、
しまりすくんが　あおいほし、ということにしました。

これで　めでたしめでたしと　おもわれたときでした。
ほしがひとつ　ながれました。
くろりすくんは「しまりすくんと　ずっといっしょに
いられますように」と　あわてて　おねがいしました。

ところが　しまりすくんは　ねがいごとをしません。
ながれぼしをつかまえると　くちに　ほうりこみました。
くろりすくんは　びっくり。
しまりすくんを　じっとみつめています。

また、ほしが　ながれました。

しまりすくんは　ほしをつかまえて　くちに

ほうりこみます。

くろりすくんは　ねがいごとを　わすれます。

そのつぎのながれぼしも　そのつぎも　しまりすくんは

くちのなかに　いれてしまいました。

「なにをやってるの」と　くろりすくんは　ききました。

しまりすくんは、くろりすくんといっしょにいる　いまが
いちばんいいと　おもっています。だから　いま　ほしに
おねがいすることは　なにもありません。
もし、なにか　こまったことになったら
そのとき　おねがいしようと　ほっぺのふくろに　ほしを
しまったそうです。

それは　いいかんがえかも　しれません。
もちろん　ほんとうに　ほしをつかまえたわけでは
ありません。そのつもりに　なっただけです。
だけど　きのせいか、しまりすくんの　ほっぺが
ふくらんで　そこから　ひかりがもれているような
きがします。
くろりすくんも　ほしをとっておこうと　おもいました。
だけど　いくらまっても、もう　ほしは　ながれて
くれませんでした。

たのしいあきが　はじまりました。
くろりすくんと　しまりすくんは　もりのおくまで
たんけんに　でかけました。
もりのおくには　なつのあつさが　のこっています。
でも　あきのかぜが　ふきぬけると　くうきがどんどん
すきとおっていきます。きもちのいいくうきを
すいこむと　からだが　ちょっぴりかるくなります。

くさをかきわけたり　ながいつたに　ぶらさがったり
いつもはいかない　もりのおくを　にひきは
ずんずん　すすみます。
あちらにもこちらにも　みたことのない　はなが
さいています。はなを　のぞきこむと　ちいさなむしが
はねをひろげて　とびだします。あわてて
つかもうとしますが　あとすこしで
にげられてしまいます。
それが　おもしろくって　なんども　はなを　のぞきます。

どこからか　うたが　きこえてきます。きいたことの
あるような　ないような、へんてこな　うたです。
しらないとりが　うたっているのでしょう。
そのうたにあわせて　しまりすくんが　おどります。
ずんぐりむっくりしてるのに　とってもじょうずに
おどります。

くろりすくんも　おどります。だけど　なんだか
ぎくしゃくして　ブリキにんぎょうの　ダンスみたいです。
しまりすくんが　それをみて　おなかをかかえて
わらいます。

ずいぶん　とおくまで　きました。もりのたんけんを
たっぷり　たのしみました。
だけど　そろそろ　かえったほうが　よさそうです。
おなかが　さっきから　なっています。
さあ　まわれみぎと　おもったときでした。
おおきなきのこを　みつけました。
とっても　おいしそうな　きのこです。
だけど　このきのこには　どくがありそうです。
たべたら　いのちが　ないかもしれません。
にひきは　かおを　みあわせました。

いえのまわりなら　どこに　たべられるものがあるか
よくしっています。でも、このあたりでは　さっぱり
わかりません。ここまでくる　あいだにも
おいしそうなものには　であいませんでした。
このまま　なにもたべないで　かえったら　いえに
つくころには　おなかは　ぺこぺこ。とてもみじめな
きもちになるでしょう。へたをしたら　とちゅうで
たおれてしまうかもしれません。
たのしかった　いちにちが　だいなしです。

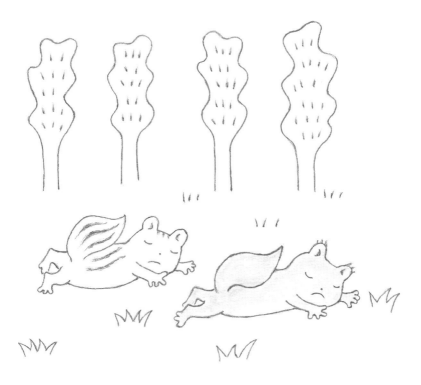

だけど このきのこには どくがありそうです。
どうしたら いいのでしょう。
にひきは こまりました。じっときのこを みていました。
でも しばらくすると どこかで あいずがしたみたいに
ふたりいっしょに きのこに かみつきました。

どくがあるのか　ないのか　わかりません。
だけど　こんなに　たのしいひに　わるいことなど
おこるはずありません。こんなに　おいしそうなきのこを
みすごしていいはずありません。
ほら　おいしい　おいしい。
にひきは　あっというまに　きのこをたいらげました。
おなかは　ぱんぱん。もう　これいじょう　ほしいものは
なにもないってくらい　みちたりたきもちに　なりました。

だけど　もしかすると　そろそろ
どくが　きいてくるかも　しれません。
でも　そんなこと　もうどうでも　よくなっていました。
にひきは　ふくれたおなかを　たぽたぽゆらしながら
いえに　かえっていきました。
きょうは　さいごまで　いいひでした。

あきの　おわりでした。

もりのきのはは　あかやきいろに　そまります。

そこへ　ひかりがさしこんで　もりは　あかやきいろに

もえているようです。

このごろ　しまりすくんは　ほっぺを
ふくらませてばかりいます。
だけど　おこっているわけでは　ありません。
ほっぺのふくろに　きのみをためて　じぶんのいえに
はこんでいるのです。
とうみんのときが　ちかづいていました。

くろりすくんも　あっちにひとつ　こっちにひとつ。
きのみをうめて　ふゆにそなえます。
「めじるしもないのに　うめたところが　なぜわかるの？」
と　しまりすくんが　ききます。
くろりすくんは　くびをかしげました。
なぜわかるのか　よくわかりません。だけど　ゆきに
うもれてしまっても　わかるから　ふしぎです。

「ひとつずつじゃなくて　まとめてうめたほうが
いいんじゃないかな」
しまりすくんは　そういうと　おおきなあなを
ほりました。ほっぺにためた　きのみを　ぜんぶ
うめてくれました。
「これでよし」
しまりすくんが　にっこりわらいます。
「ありがとう」と　くろりすくんは　いいます。
だけど　いろいろなところに　うめたほうが
みつけやすいし、ひとつにまとめてしまうと
だれかが　みつけたとき　ぜんぶたべられちゃうんだ
ということは　だまっておきました。

しまりすくんのうちは　きのみで　いっぱいになりました。
おちばや　くさも　しっかり　しきつめられました。
もうすぐ　しまりすくんは　とうみんします。
じめんのしたで　はるまで　ねむるのです。
くろりすくんは　とうみんが　よくわかりません。
どうすれば　そんなに　ながいあいだ　じめんのしたに
こもっていられるのでしょう。

「だいたいは　ねてるんだ。でも　ときどきおきて
きのみを　たべたりしてるらしいんだけど」
と　しまりすくんは　いいます。
「でも　ぜんぜん　おぼえていないんだ。
きがついたら　はるに　なってるのさ」

それなら　さびしくなることも　たいくつすることも
ないでしょう。
くろりすくんも、ふゆのあいだ　ひとりぼっちです。
だけど　さびしがってるひまは　ありません。
ふゆは　きびしいきせつです。
ゆきのしたから　ごはんをさがしたり、こごえないように
きをつけたり、こわいけものから　のがれたりと、
やることが　いっぱいあって　さびしがってなんて
いられません。

でも　それは　いままでのふゆでした。
こんどのふゆは　ちょっとちがいます。
ふゆが　ちかづくのにあわせて　さびしいきもちが
ふくらみます。
だけど　しまりすくんが　ふゆのあいだ
ずっとおきているのは　むりです。
「それなら、くろりすくんが　ぼくといっしょに
とうみんしたらどうかな」と　しまりすくんが
さそいます。

いいかんがえかも　しれません。
ためしてみるのも　わるくないなと　くろりすくんは
おもいます。
「それじゃあ　とうみんするときは　おしえてよ」と
いいました。

さいごまで　えだにのこった　かれはが　ひらひら
おちてきます。あつくつもった　おちばのうえに
ひのひかりが　さしこみます。
もりのきも　ふゆのじゅんびを　おえました。
くろりすくんは　しまりすくんを　まっていました。
けれど　いくらまっても　しまりすくんは
あらわれません。
いやな　よかんがします。

くろりすくんは　しまりすくんのいえに　むかいます。
いりぐちに　つもった　おちばを　かきわけて
おくのへやに　すすみます。
しまりすくんは　おちばに　うもれて　ねむっていました。
いっしょに　とうみんしようって　いったのにと
くろりすくんは　おもいました。

くろりすくんは　しまりすくんの　となりに
もぐりこみます。
あたたかくって　きもちいい　ねどこです。
このまま　はるまで　ねむっていられたら
どんなに　いいでしょう。
くろりすくんは　めを　とじました。
ほんのすこし　うとうとしました。

でも　それだけでした。

すぐに　めが　さめてしまいました。

なんのおとも　きこえません。

なにもない　じかんが　すぎていきます。

なぜか　おちつきません。

なにかが　よんでいる　きがします。

しまりすくんは　ふゆのあいだ　おきていることが
できません。
くろりすくんは　ふゆのあいだ　ねていることが
できません。
それは　しまりすくんは　しまりすくんで
くろりすくんは　くろりすくんだからです。

しまりすくんは　それが　わかっていたのかもしれません。
わかっていたから　くろりすくんが　こまらないように
ひとりで　ねむってしまったのでしょう。
くろりすくんは　かれはを　しまりすくんに
かけなおします。
「ぐっすり　おやすみ」
くろりすくんは　ひとり　そとにでました。

はいいろのくもが　そらを　おおっていました。
てをのばせば　とどきそうなくらい　ひくく
たれこめた　おもたいくもです。
そのくもから　わきでるように　しろいゆきが　あらわれ
ひらひら　おちてきます。
くろりすくんが　ひとりになるのを　まっていたように
ふゆが　やってきました。

ゆきが　もりを　おおいました。
もりは、しろいせかいに　かわります。
おひさまが、ゆっくり　のぼってきました。
ひかりが、もりのあちらこちらで　はねかえります。
もりは　ひかりで　あふれます。
ひかりのなかで　くろりすくんは　めをさまします。

くろりすくんは　きのうえの　うちを　とびだして
ゆきにうまった　きのみを　さがします。
あちらでひとつ　こちらでひとつ。
おなかがいっぱいになると　きのえだからえだへ
ぴょんぴょんとんで　からだをあたためます。
それにあわせて　えだにつもった　ゆきが
ひかるあめになって　おちていきます。

ふゆのもりは　とくべつです。
ゆきを　たくさんせおった　まっしろい　きもあれば、
くろいみきと　えだだけの　はだかの　きもあります。
ふかふかの　ふきだまりが　あるかとおもえば、
さらさらの　ゆきも　ざらざらの　ゆきもあります。

さむいあさには、くうきのなかで　こおりの　つぶが
ひかります。
こおったかわの　うえに　たつと、
そらに　うかんだような　きもちになります。

このけしきの　どれひとつ、しまりすくんが　みることは
ありません。はるがきたら、おしえてあげないと
いけません。あれもこれも、よくみて　しっかり
おぼえておきましょう。
そうおもうと　さむくきびしい　ふゆのもりが
とてもうつくしく　みえてきます。
つらいことも　たのしみに　かわっていきます。

たくさんの　たのしみを　しまりすくんに　とどけるひが
まちどおしくなります。
まちどおしさのあまり、ついつい　しまりすくんに
はなしかけてしまいます。いつでも　しまりすくんが
となりにいるような　きもちに　なっていました。

もちろん　ほんとうのしまりすくんは　じぶんの
すあなで　ねむっています。
だから　それは　しまりすくんが　ほっぺにつめた
ながれぼしのようなものかも　しれません。
ふゆが　はじまるころには　あんなにおおきかった
さびしさが　どんどん　ちいさくなっていきました。

ゆきが　ふりつづいていました。

かぜも　ひどく　ふいています。

くろりすくんは　すから　でられません。

だけどこのままでは　おなかがすいて　しんでしまいます。

ゆきとかぜが　すこしおさまったのを　みはからって

くろりすくんは　ごはんをたべに　でかけました。

だけど　しっぱいでした。
おさまったとおもった　ゆきもかぜも　さっきより
はげしくなりました。
はやく　もどったほうが　よさそうです。
ところが　なんということでしょう。
きつねが　にひき　うろうろしています。
いつもなら　きつねは　よるに　であるきます。
きっと　なんにちも　えものがとれていないのでしょう。
だから　ひどいゆきのなか、ひるまから　えものを
さがしているのです。

くろりすくんは　ちかくのきに　かけのぼりました。
きのみきの　ちいさなへこみを　みつけて
もぐりこみます。
きつねは　なにかのにおいを　かぎつけたのか
そこらをうろうろ。ちっとも　いなくなりません。

おまけに　くろりすくんの　のぼったきは　ぽつんと
いっぽん　はなれて　たっています。えだをつたって
ほかのきに　うつることも　できそうにありません。
ここで　きつねが　いなくなるのを　まつほか
ありません。
でも　こんな　ちいさなへこみでは　ゆきもかぜも
ふせげません。
だいじょうぶでしょうか。

くらくなってきました。

ゆきもかぜも　おさまりません。

おなかはぺこぺこ。からだはどんどん　ひえていきます。

もう　めをあけているのが　せいいっぱいです。

はげしいゆきも　しろいまくのように　ぼんやり

みえるだけです。

しばらくすると　ゆきもかぜも　よわくなってきました。
きつねも　どこかへ　いったようです。
でも　くろりすくんは　うごけません。
からだに　ちからが　はいらないのです。
きのうえで　ひとり　つめたくなっていきます。

ふりつづいたゆきは　もりのきを　おおきな
しろい　おばけに　かえました。
すっかり　くらくなったそらを　いくつもの　くもが
とんでいきます。
くものきれまから　つきが　かおをだしました。

つきのひかりと　くものかげが　かわりばんこに
おばけを　てらします。よるの　しろいもりを
おばけたちが　こうしんしています。
くろりすくんは　どんどん　つめたくなっていきます。

しまりすくんは　いま　じめんのしたの　あたたかな
へやで　ねむっているのでしょう。
そうおもっても　ふしぎと　うらやましく
ありませんでした。しまりすくんが　こごえていないのが
じぶんのことのように　うれしかったのです。

つきのひかりに　てらされて　おばけが　きらきら
かがやきます。
あー　なんてきれいなんだと　くろりすくんは
おもいました。
しまりすくんに　はなしてあげたかったな。
でも　ごめんね。もうだめだ。
ぼくは　はるまで　もたないよ。さようなら。

くろりすくんのめが　とじかけたときでした。
はれわたったそらを　ながれぼしが　ひとつながれました。
それから　またひとつ　またひとつ　ほしがながれて
いきます。
まるで　しまりすくんのほおぶくろから
とびだしたような　ほしでした。
しまりすくんが　なにか　ねがいごとを
してくれたのでしょうか。
もしそうなら　うれしいなと　くろりすくんは
おもいます。

そして　とてもだいじなことを　おもいだしました。
ふゆになる　まえのことです。
しまりすくんは　おおきなあなを　ほって　きのみを
たっぷり　うめてくれました。うめたところは　ぽつんと
いっぽん　はえていた　きの　ねもとでした。
もしかすると　そのときの　きは　このきだったかも
しれません。

くろりすくんは　ありったけのちからを　ふりしぼります。
ころげるように　きからおりると　あつくつもったゆきを
ほっていきました。
もう　ちからは　のこっていません。
しまりすくんの　ちからをかりて　ほっていきます。
じめんが　みえてきました。
じめんのしたから　たくさんのきのみが　でてきました。

くろりすくんは　むちゅうで　きのみを　ほおばります。
からだが　すこしずつ　あたたまっていきます。
てにもあしにも　ちからが　こもってきました。
くろりすくんは　おなかいっぱい　きのみをたべました。
それでも　きのみは　あまっています。
くろりすくんは　きのみを　ひとつだけ　くちにくわえ
あとはしっかり　うめなおしました。

すっかり　げんきになって　いえにもどった
くろりすくんは、きのみをだいて　ねむりました。
ゆきのしたに　うまっていたのに　きのみは　とても
あたたかくかんじられました。

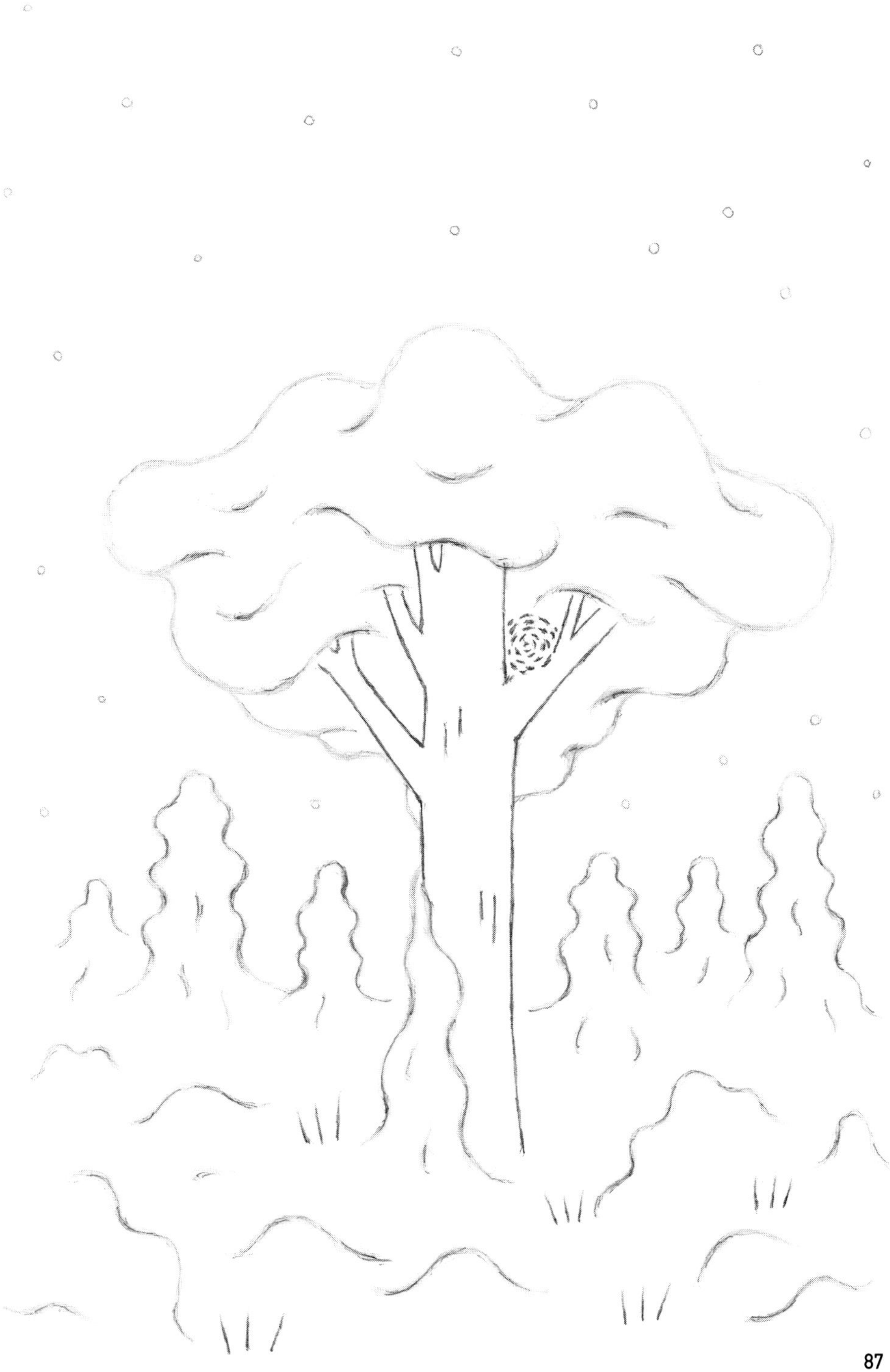

はるが　やってきました。
きのえだに　さいごまで　つもっていた　ゆきが
おおきな　おとをたてて　おちていきます。
こおりのとけた　かわは　げんきに　ながれていきます。
あちらこちらで　じめんが　かおをだしました。
くろりすくんは　しまりすくんのいえに　むかいます。

しまりすくんは　まだ　ねむっていました。
ふゆをこすまえと　ちっとも　かわっていません。
かれはに　くるまれて　とてもきもちよさそうに
ねむっています。
くろりすくんは　しまりすくんのとなりに
ねころびました。
よこになって　しまりすくんが　めをさますのを
まつことにしました。
そのうちに　くろりすくんは　うつらうつら
しはじめました。

どのくらい　ねむってしまったのでしょう。
めをさますと　しまりすくんが　おおきなめで
みつめています。
「あー　びっくりした。くろりすくんも　いっしょに
とうみんしてたのかと　おもったよ」と
しまりすくんは　いいました。
「もう　はるだから　しまりすくんも　そろそろ
おきるかなって　おもったんだ」と
くろりすくんは　いいます。

「ゆきも　だいぶとけたよ。ちょっと　まえでは
まっしろだったけどね」
「うん　しってる。ぼく、ずっと　くろりすくんのゆめを
みていたからね」と　しまりすくんは　いいます。
「くろりすくんといっしょに、ぼくも　ゆきのなかを
はしったり　こおったかわを　すべったりしたんだ。
くうきがこおるのも　しろいおばけも　みたよ」

「おなかがすいて　たいへんだったときも　あったね。
ぼく、ながれぼしに　おねがいしたんだよ。
そしたら　ちゃんと　きのみをほりだしてくれた。
さすが　くろりすくんだと　おもったよ。
こんなたのしい　ゆめをみてられるなら
とうみんしてるのも　わるくないなあ〜」
しまりすくんは　あくびをします。

「それ、ゆめじゃないよ」と　くろりすくんは
いいました。
「ゆめだよ」しまりすくんは　わらいます。
「それなら　ほっぺにしまった　ながれぼしは
どうなったの？」
「ながれぼしなら　ほら　ここに」と　いいながら
しまりすくんは　ふたつのほっぺを　さすります。
でも　すぐに　そのてが　とまり　「なくなってる」
と　つぶやきました。

ほらね、しまりすくんは
ずっと　ぼくと　いっしょだったんだ。
くろりすくんのむねに　あのときの　あたたかさが
よみがえります。
もりが　にひきを　よんでいました。
たのしい　はるの　はじまりです。

いとうひろし

1957年、東京都生まれ。早稲田大学教育学部卒。大学在学中より絵本の創作を
はじめ、1987年、絵本『みんながおしゃべりはじめるぞ』でデビュー。作品に
『ルラルさんのにわ』（絵本にっぽん賞）、『おさるのまいにち』『おさるはおさる』
（ともに路傍の石幼少年文学賞）、『おさるになるひ』（産経児童出版文化賞、
IBBY オナーリスト選出）、『おさるのもり』（野間児童文芸賞）、『だいじょうぶ
だいじょうぶ』（講談社出版文化賞絵本賞）、「ごきげんなすてご」シリーズな
ど多数がある。

くろりすくんとしまりすくん

2020 年 5 月 26 日　第 1 刷発行
2021 年 8 月 2 日　第 2 刷発行

作・絵　　いとうひろし

発行者　　鈴木章一
発行所　　株式会社講談社
　　　　　〒 112-8001 東京都文京区音羽 2-12-21
　　　　　電話　編集 03-5395-3535　販売 03-5395-3625　業務 03-5395-3615
印刷所　　共同印刷株式会社
製本所　　島田製本株式会社
DTP　　　脇田明日香

KODANSHA

N.D.C.913 96p 22cm ©Hiroshi Ito 2020 Printed in Japan ISBN978-4-06-519158-3